Las aventuras de Sherlock Holmes para niños

Arthur Conan Doyle

**Adaptación: Lito Ferrán
Ilustraciones: Ignacio Bustos**

EDICIONES
Lea

LAS AVENTURAS DE SHERLOCK HOLMES PARA NIÑOS
es editado por: Ediciones Lea S.A.
Av. Dorrego 330 (C1414CJQ),
Ciudad de Buenos Aires, Argentina.
info@edicioneslea.com
www.edicioneslea.com

ISBN: ISBN 978-987-718-302-3

Primera edición. Impreso en Argentina.
Diciembre de 2015. Arcángel Maggio-División libros.

Doyle, Arthur Conan
    Las aventuras de Sherlock Holmes para niños / Arthur Conan Doyle ;
    adaptado por Lito Ferrán ; ilustrado por Ignacio Bustos. - 1a ed. . -
    Ciudad Autónoma de Buenos Aires : Ediciones Lea, 2015.
    64 p. : il. ; 24 x 17 cm. - (La brújula y la veleta ; 16)

    ISBN 978-987-718-302-3

    1. Cuentos de Aventuras. 2. Cuentos Clásicos Infantiles. I. Ferrán, Lito,
    adap. II. Bustos, Ignacio, ilus. III. Título.
    CDD 863.9282

El más famoso detective entra en acción

Con las aventuras que vas a leer, vas a conocer al más famoso detective de todos los tiempos: el infalible Sherlock Holmes. Te invitamos a su casa, ubicada en Londres, más exactamente en la calle Baker. Allí lo encontrarás, fumando su pipa y siempre atento para hacer justicia, ayudando a los que lo necesitan y encontrando al culpable gracias a su razonamientó siempre lógico aunque, a veces, parezca que utiliza la magia, tan exactas son sus observaciones y juicios. Ah, y con él también conocerás a su fiel compañero de aventuras, el Doctor Watson, incansable relator de sus casos.

Todo está previsto para que averigües quién es el culpable, seguro que lo lograrás como el genial Sherlock. Atención a las pistas y ¡suerte!

La aventura de la Liga de los Pelirrojos

Cierto día de otoño fui a visitar a mi amigo Sherlock Holmes. Lo encontré muy conversando con un anciano caballero muy gordo, de llamativa cabellera de color rojo. Iba a retirarme, disculpándome por la intromisión, cuando Holmes me hizo entrar bruscamente de un tirón y cerró la puerta a mis espaldas.

–Mi querido Watson, no podía usted venir en mejor momento –me dijo con expresión cordial.

–Creí que estaba ocupado.

–Lo estoy, y muchísimo.

–Entonces puedo esperar en la habitación de al lado.

–De ninguna manera. Señor Wilson, este caballero ha sido compañero y colaborador mío en muchos de los casos que mayor éxito tuvieron y no me cabe la menor duda de que también en el suyo me será de la mayor utilidad.

Wilson me saludó con una inclinación de cabeza.

–Tome asiento –dijo Sherlock, dejándose caer otra vez en su sillón–. De sobra sé, mi querido Watson, que usted participa de mi interés por todo lo que es raro y sale de los convencionalismos y de la monótona rutina de la vida cotidiana.

–Desde luego, sus casos me interesan muchísimo –le contesté.

–Recordará usted que hace unos días le comenté que los efectos raros y las combinaciones extraordinarias debíamos buscarlas en la vida misma, que resulta siempre más interesante que cualquier cosa que imaginemos.

–Sí, y me permití ponerlo en duda.

–El señor Jabez Wilson, aquí presente, ha venido a visitarme esta mañana, y comenzó un relato que promete ser uno de los más extraordinarios que he escuchado desde hace tiempo. Me habrá oído decir que las cosas más raras y singulares no se presentan con mucha frecuencia unidas a los crímenes grandes, sino a los pequeños; y también, de cuando en cuando, en ocasiones en las que puede existir duda de si, en efecto, se ha cometido algún hecho delictivo. Por lo que he podido escuchar hasta ahora, me es imposible afirmar si en el caso actual estamos o no ante un crimen; pero el desarrollo de los hechos es, desde luego, uno de los más sorprendentes de que he tenido jamás ocasión de enterarme. Quizá, señor Wilson, tenga usted la bondad de empezar de nuevo el relato. No se lo pido únicamente porque mi amigo, el doctor Watson, no ha escuchado la parte inicial, sino también porque lo extraño de la historia despierta en mí el deseo de oír todos los detalles posibles.

El voluminoso cliente infló el pecho y sacó del bolsillo interior de su gabán un periódico sucio y arrugado. Mientras repasaba la columna de anuncios, adelantando la cabeza, después de alisar el periódico sobre sus rodillas, Sherlock Holmes le dijo:

–Fuera de los hechos evidentes de que hace tiempo estuvo dedicado a trabajos manuales, de que es masón, de que estuvo en China y de que en estos últimos tiempos ha estado muy ocupado en escribir, no puedo saber nada más de usted.

Wilson se irguió en su asiento, puesto el dedo índice sobre el periódico, pero con los ojos en mi compañero.

–Pero, por vida mía, ¿cómo ha podido usted saber todo eso, señor Holmes? ¿Cómo averiguó, por ejemplo, que yo he realizado trabajos manuales? Todo lo que ha dicho es verdad, ¡empecé mi carrera como carpintero de un barco!

–Por sus manos, señor. La derecha es un número mayor de medida que su mano izquierda. Usted trabajó con ella y los músculos de la misma están más desarrollados.

–Bien, pero ¿y lo de la masonería?

–No quiero ofender su inteligencia explicándole de qué manera he descubierto eso, especialmente porque, contrariando bastante las reglas de su orden, usa usted un alfiler de corbata que representa un arco y un compás, símbolos de la masonería.

–¡Ah! Se me había pasado eso por alto. Pero ¿y lo de la escritura?

–Y ¿qué otra cosa puede significar el que el puño derecho de su manga esté tan lustroso en una anchura de cinco pulgadas, mientras que el izquierdo muestra una superficie lisa cerca del codo, indicando el punto en que lo apoya sobre el pupitre?

–Bien, ¿y lo de China?

–El pez que lleva usted tatuado más arriba de la muñeca sólo ha podido ser dibujado en China. He realizado un pequeño estudio acerca de los tatuajes, por lo que sé que el detalle de colorear las escamas del pez con un leve color sonrosado es completamente característico de China. Si, además de eso, veo colgar de la cadena de su reloj una moneda china, el problema se simplifica aun más.

Wilson se rió y dijo:

–¡No lo hubiera creído! Al principio me pareció que lo que había hecho usted era algo por demás inteligente; pero ahora me doy cuenta de que, después de todo, no tiene ningún mérito.

–Comienzo a creer, Watson –dijo Holmes–, que es un error de mi parte el dar explicaciones. Sigo siendo un ingenuo, mi pobre celebridad, mucha o poca, va a naufragar. ¿Puede enseñarme usted ese anuncio, señor Wilson?

–Sí, ya lo encontré –contestó él, con su dedo grueso y colorado fijo hacia la mitad de la columna–. Aquí está. Con esto empezó todo. Léalo usted mismo.

Le quité el periódico y leí lo que sigue:

"A la Liga de los pelirrojos.– Con costos subvencionados por la herencia del difunto Ezekiah Hopkins, Penn., EE. UU., se ha producido otra vacante que da derecho a un miembro de la Liga a un salario de cuatro libras semanales a cambio de servicios de carácter puramente nominal. Todos los pelirrojos sanos de cuerpo, de probada inteligencia y de edad superior a los veintiún años, pueden presentarse para el puesto. Acudir el lunes, a las once, a Duncan Ross, en las oficinas de la Liga, Pope's Court, 7, Fleet Street."

–¿Qué diablos puede significar esto? –exclamé después de leer dos veces el extraordinario anuncio.

Holmes se rió por lo bajo y se retorció en su sillón, como solía hacer cuando estaba de buen humor.

—Señor Wilson, no deje nada por contar acerca de usted, de su familia y del efecto que le produjo el anuncio. Pero antes, doctor, tome nota del periódico y la fecha.

—Es el *Morning Chronicle* del 27 de abril de 1890. Exactamente, de hace dos meses.

—Muy bien. Veamos, señor Wilson.

—Pues bien, señor Holmes, como le contaba a usted, yo poseo una pequeña casa de préstamos. El negocio no tiene mucha importancia y durante los últimos años no me ha permitido ganar buen dinero. En otros tiempos podía permitirme tener dos empleados, pero en la actualidad sólo conservo uno; y aun a éste me resultaría difícil poder pagarle, de no ser porque se conforma con la mitad de la paga, con el propósito de aprender el oficio.

—¿Cómo se llama este joven? –preguntó Sherlock.

—Vincent Spaulding, pero no es precisamente un joven. Resultaría difícil calcular los años que tiene. Yo me conformaría con que un empleado mío fuese lo inteligente que es él; sé perfectamente que él podría ganar el doble de lo que yo puedo pagarle, y mejorar su situación. Pero, después de todo, él está satisfecho.

—Tiene suerte en tener un empleado que quiere trabajar por un salario inferior al del mercado. Me está pareciendo que es tan extraordinario como su anuncio.

—Bien, pero también tiene sus defectos ese hombre –dijo el señor Wilson–. Por ejemplo, el de irse por ahí con una cámara fotográfica para luego venir y meterse en el depósito a revelar sus fotografías. Ese es el mayor de sus defectos; pero es muy trabajador.

—Supongo que seguirá trabajando con usted.

—Así es. Yo soy viudo, nunca tuve hijos y en la actualidad vive en mi casa junto con una chica de catorce años, que cocina

platos sencillos y hace la limpieza. Los tres llevamos una vida tranquila y fue el anuncio lo que nos alteró. Spauling se presentó en la oficina, hace exactamente ocho semanas, con este mismo periódico en la mano y me dijo: "¡Ojalá fuese pelirrojo, señor Wilson! Se ha producido otra vacante en la Liga de los Pelirrojos. Para quien lo sea equivale a una pequeña fortuna, y según tengo entendido, son más las vacantes que los pelirrojos, de modo que los encargados del testamento andan locos no sabiendo qué hacer con el dinero". "Pero bueno, ¿de qué se trata?", le pregunté. Mire, señor Holmes, yo soy un hombre muy de su casa. Como el negocio vino a mí, en vez de ir yo en busca del negocio, se pasan semanas enteras sin que salga del local. Por esa razón vivo sin enterarme mucho de las cosas del mundo exterior, y recibo con gusto cualquier noticia. Continúo. "¿Nunca oyó usted hablar de la Liga de los Pelirrojos?", me preguntó Spauling con asombro. "Sí que es extraño, siendo usted uno de los candidatos elegibles para ocupar las vacantes." "¿De cuánto dinero estamos hablando?, le pregunté. "No es mucho, un par de centenares de libras al año, pero casi sin hacer nada y sin que le impidan dedicarse a su propio trabajo". Se imaginará que me interesé en el tema, ya que mi negocio no marcha demasiado bien desde hace años. "Explíqueme bien el asunto", le dije. "Mire —me contestó mostrándome el anuncio—: usted puede ver por sí mismo que en la Liga hay una vacante y en el mismo anuncio está la dirección en que puede pedir todos los detalles. Por lo que sé, la Liga fue fundada por un millonario norteamericano, Ezekiah Hopkins, un hombre muy raro. Era pelirrojo y simpatizaba mucho con las personas de ese mismo color de pelo, por eso cuando murió se supo que había establecido en su testamento que dejaba su enorme fortuna para darle empleos exclusivamente a los pelirrojos. Por lo que he oído decir, el sueldo es bueno y el trabajo, escaso". Yo observé: "Pero serán millones los pelirrojos que los soliciten". "No tantos como usted se imagina –me contestó–. Fíjese en que el ofrecimiento está limitado a los londinenses y a hombres mayores de edad. El norteamericano en cuestión vivió en Londres en su juventud y quiso favorecer a su querida ciudad. Me han dicho, además, que es inútil solicitar la vacante cuando se tiene el pelo de un rojo claro o de un rojo oscuro; el único que vale es el color rojo auténtico, llameante, rabioso. Si le interesase solicitar la plaza, señor Wilson, tendría que presentarse; aunque quizá no valga la pena para usted el molestarse por unos pocos centenares de libras". La verdad es, caballeros, como ustedes ven, que mi pelo es de un rojo vivo y brillante, por lo que me pareció que tendría éxito y conseguiría el dinero. Vimcent Spaulding parecía conocer bien el asunto, por lo que pensé que podría serme útil; así que le ordené cerrar el negocio para que me acompañara inmediatamente. Cuando llegamos a la dirección del anuncio, contemplamos un espectáculo increíble. Procedentes del Norte, del Sur, del Este y del Oeste, todos cuantos hombres tenían algo de tono rojizo en el pelo habían respondido al anuncio. La calle estaba repleta de pelirrojos, nunca pensé que pudieran ser tantos en el país. Los había allí de todos los matices: rojo pajizo, limón, naranja, ladrillo, arcilla... Pero, como me hizo notar Spaulding, no eran muchos los de un auténtico rojo, vivo y llameante. Viendo que eran tantos los que esperaban, estuve a punto de renunciar, pero Spaulding no quiso ni oír hablar de semejante cosa. Yo no sé cómo se las arregló, pero el caso es que, a fuerza de empujar y chocar con un montón de pelirrojos, me llevó hasta la escalera que conducía a la oficina.

–Fue la suya una experiencia divertidísima –comentó Holmes–. Prosiga, por favor, esta historia tan interesante.

–En la oficina no había sino un par de sillas de madera y una mesa de tablones. Un hombre pequeño y cuyo pelo era aún más rojo que el mío, estaba allí sentado. Cuando se presentaban los candidatos les decía algunas palabras, pero siempre se las arreglaba para descalificarlos por cualquier cosa. Después de todo, no parecía tan sencillo el ocupar la vacante. Pero cuando nos atendió a nosotros, el hombrecito se mostró más inclinado hacia mí que hacia todos los demás y cerró la puerta cuando estuvimos adentro, a fin de poder conversar en privado. "Usted reúne todos los requisitos. No recuerdo desde cuándo no he visto pelo tan hermoso." De pronto, se abalanzó hacia mí, me dio un fuerte apretón de manos y me felicitó por mi éxito. "Sabrá disculpar, –dijo el hombrecito–, que tome una precaución elemental." Y dicho esto, me agarró del pelo con ambas manos y tiró hasta hacerme gritar de dolor. Al soltarme, me dijo: "Tiene lágrimas en los ojos, por lo que deduzco que no hay trampa. Es preciso que tengamos mucho cuidado, porque ya hemos sido engañados en dos ocasiones, una de ellas con peluca postiza y la otra, con el teñido." Se acercó a la ventana y anunció a los gritos a los que estaban debajo que había sido ocupada la vacante. "Me llamo Duncan Ross –dijo el hombrecito–, y soy uno de los que cobran pensión del legado de nuestro noble benefactor. ¿Es usted casado, señor Wilson? ¿Tiene usted familia?" Contesté que no la tenía. "¡Cuánto lamento oírle decir eso! Como es natural, la finalidad del legado es la de que aumenten y se propaguen los pelirrojos, y no sólo su conservación. Es una gran desgracia que usted sea un hombre sin familia." Pensé que se me escapaba la vacante; pero, después de pensarlo por algunos minutos, me dijo que eso no importaba y preguntó: "¿Cuándo puede hacerse cargo de sus nuevas obligaciones?". Fue cuando Spaulding aclaró: "No se preocupe por su negocio, señor Wilson. Yo lo cuidaré."

El horario de mi nuevo trabajo era de diez a dos. Pues bien:
el negocio de préstamos se hace principalmente al anochecer,
señor Holmes, especialmente los jueves y los viernes, es decir,
los días anteriores al de paga; me venía, pues, perfectamente
el ganarme algún dinerito por las mañanas. Además, yo sabía
que mi empleado es una buena persona y que atendería bien
mi negocio. El sueldo que me ofrecían era de cuatro libras por
semana. Por esa suma tenía que presentarme en esa oficina o,
por lo menos, en ese edificio. Si me ausentaba del mismo, perdía
para siempre el empleo. Sobre este punto Ross fue terminante:
si no iba a la oficina en esas horas, faltaba a mi compromiso
y no valían las excusas, ni por enfermedad, negocios, ni nada.
Tenía que permanecer allí y el trabajo consistía en copiar
la Enciclopedia Británica. Debía llevar tinta, plumas y papel
secante; pero me daban la mesa y una silla. Ross me preguntó
si podía comenzar al otro día y dije que sí. Volví a casa con mi
empleado, sin saber casi qué decir ni qué hacer, de tan contento
que estaba con mi buena suerte. Pero me pasé el día pensando
el asunto, y para cuando llegó la noche, volví a sentirme abatido,
porque estaba convencido de que todo aquello no era sino una
broma, aunque no imaginaba qué finalidad podía buscar. Parecía
completamente imposible que hubiese nadie capaz de hacer
un testamento semejante y de pagar un sueldo como aquél
por un trabajo tan sencillo como el de copiar la Enciclopedia
Británica. Sin embargo, cuando llegó la mañana resolví ver en
qué quedaba aquello, compré un frasco de tinta y conseguí
una pluma de escribir y siete pliegos de papel de oficio, y me
puse en camino a mi nuevo trabajo. Para mi gran sorpresa y
satisfacción, encontré todo bien. Ross estaba presente para
cerciorarse de que yo me ponía a trabajar. Me señaló para
empezar la letra A, y luego se retiró; pero de cuando en cuando

aparecía para comprobar que yo seguía en mi sitio. A las dos me felicitó por la cantidad de trabajo que había hecho y cerró la puerta del despacho después de salir yo. Un día tras otro, las cosas siguieron de la misma forma y el gerente se presentó el sábado, poniéndome encima de la mesa cuatro libras, en pago del trabajo que yo había realizado durante la semana. Lo mismo ocurrió la semana siguiente y la otra. Me presenté todas las mañanas a las diez, y me fui a las dos. Poco a poco, el señor Ross se limitó a venir una vez durante la mañana hasta que dejó de hacerlo. Como es natural, yo no me atreví, a pesar de eso, a ausentarme de la oficina un sólo momento, porque no tenía la seguridad de que él no iba a presentarse, y el empleo era tan bueno que no me arriesgaba a perderlo. Pasaron ocho semanas, seguí copiando la Enciclopedia y gasté algún dinero en papel de oficio. Ya tenía casi lleno un estante con mis escritos. Y de pronto, ¡se acabó todo el asunto!

–¿Qué se acabó?

Esta mañana me presenté, como de costumbre, al trabajo a las diez; pero la puerta estaba cerrada con llave, y en mitad de la hoja de la misma, clavado con una tachuela, había un trocito de cartulina. Aquí lo tiene, puede leerlo usted mismo.

Nos mostró un trozo de cartulina blanca que decía lo siguiente: "Ha quedado disuelta La Liga De Los Pelirrojos. 9 de Octubre, 1890".

Sherlock Holmes y yo examinamos aquel breve anuncio y la cara afligida que había detrás del mismo, hasta que el lado cómico del asunto se impuso a toda otra consideración, por lo que ambos nos reímos.

–Yo no veo que la cosa tenga nada de divertida –exclamó nuestro cliente sonrojándose–. Si no pueden ustedes hacer otra cosa que reírse, me dirigiré a otra parte.

–No, no –le contestó Sherlock empujándolo hacia el sillón del que había empezado a levantarse–. Por nada del mundo me perdería este asunto suyo. Se sale tanto de la rutina, que resulta un descanso. Pero no se ofenda si le digo que hay en el mismo algo de divertido. Vamos a ver, ¿qué pasos dio usted al encontrarse con ese letrero en la puerta?

–No sabía qué hacer. Entré en las oficinas de al lado, pero nadie sabía nada. Por último, me dirigí al dueño de la casa, que es contador y vive en la planta baja, y le pregunté si podía darme alguna noticia sobre lo ocurrido a la Liga de los Pelirrojos. Me contestó que jamás había oído hablar de semejante sociedad. Entonces le pregunté por el señor Duncan Ross, y me contestó que era la primera vez que oía ese nombre. "Me refiero al caballero de la oficina número cuatro", le dije. "Su verdadero nombre es William Morris, me alquiló la habitación temporalmente mientras quedaban listas sus propias oficinas. Ayer se trasladó a ellas". "¿Tiene su nueva dirección." Me dijo que sí y cuando llegué allí me encontré con que se trataba de una fábrica donde nadie había oído hablar de William Morris ni de Duncan Ross. Consulté con mi empleado que no supo que decirme, aunque me sugirió que esperase, porque con seguridad recibiría noticias por carta. Pero esto no me bastaba, señor Holmes. Yo no quería perder ese empleo así como así; por eso, vine a verlo.

–Su caso resulta extraordinario y lo estudiaré con gusto. Empecemos por un par de preguntas, señor Wilson. Ese empleado suyo, que fue quien primero le llamó la atención acerca del anuncio, ¿cuánto tiempo lleva con usted?

–Cosa de un mes.

–¿Cómo fue que le pidió empleo?

–Porque puse un anuncio.

–¿No se presentaron más aspirantes que él?

–Se presentaron una docena.

–¿Por qué se decidió usted por él?

–Porque era listo y se ofrecía barato

–¿Cómo es ese Vincent Spaulding?

–Pequeño, gordito, muy activo, de unos treinta años. Tiene en la frente una mancha blanca, de salpicadura de algún ácido.

Holmes se irguió en su asiento, muy interesado, y dijo:

– Y ¿sigue todavía en su casa?

– Sí, no hace sino un instante que lo dejé

–¿Estuvo bien atendido el negocio durante su ausencia?

–No tengo queja alguna. De todos modos, poco es el negocio que se hace por las mañanas

–Con esto me basta, señor Wilson. Tendré mucho gusto en darle mi opinión acerca de este asunto dentro de un par de días.

Wilson se retiró y Holmes me preguntó:

–Veamos Watson, ¿qué saca usted en limpio de todo esto?

–Nada –le contesté con franqueza–. Es un asunto por demás misterioso.

–Por regla general, cuanto más extraña es una cosa, menos misteriosa suele resultar. Los verdaderamente desconcertantes son esos crímenes comunes, de igual manera que un rostro corriente es el más difícil de identificar. Pero en este asunto tendré que actuar con rapidez.

Sherlock Holmes se hizo un ovillo en su sillón, levantando las rodillas hasta tocar su nariz aguileña y de ese modo permaneció con los ojos cerrados. Pensé que se había dormido y yo mismo estaba cabeceando; cuando Sherlock saltó de pronto de su asiento diciendo:

–Póngase el sombrero y acompáñeme.

Fuimos hasta el negocio de nuestro cliente y Holmes se detuvo delante del mismo, ladeó la cabeza y lo examinó detenidamente. Después caminó despacio calle arriba y luego calle abajo hasta la esquina, siempre con la vista clavada en los edificios. Regresó, por último, hasta la casa del prestamista y, después de golpear con fuerza dos o tres veces en el suelo con el bastón, se acercó a la puerta y llamó. Abrió en el acto un joven bastante gordo que lo invitó a entrar a lo que mi amigo le dijo que sólo quería saber como llegar a otra calle. El joven le indicó y cerró la puerta.

–He ahí un individuo listo –comentó Holmes cuando nos alejábamos–. He tenido antes de ahora ocasión de intervenir en asuntos relacionados con él.

–Estoy seguro de que usted le preguntó por esa calle únicamente para tener ocasión de verlo personalmente.

–No a él.

–¿A quién, entonces?

–A las rodilleras de sus pantalones.

–¿Y qué vio usted en ellas?

–Lo que esperaba ver.

A la vuelta del negocio, el panorama del barrio cambiaba, estábamos en una zona elegante muy distinta a la del negocio de Wilson.

–Veamos –dijo Holmes, parado en la esquina y dirigiendo su vista por la hilera de edificios adelante–. Me gustaría poder recordar el orden en que están aquí las casas. Una de mis aficiones es la de conocer Londres muy bien. Tenemos el Mortimer's, el despacho de tabacos, la tiendecita de periódicos, la sucursal de un banco, el restaurante vegetariano y el depósito de las carrocerías McFarlane. Y con esto pasamos a la otra manzana, Y ahora, doctor, ya hemos hecho nuestro trabajo y es tiempo de que tengamos alguna distracción. Vamos por una taza de té y luego a un concierto de buena música.

Así lo hicimos y cuando salimos de teatro, me dijo:

–Está preparándose un gran crimen. Tengo toda clase de razones para creer que llegaremos a tiempo para evitarlo. Pero el ser hoy sábado complica bastante las cosas. Esta noche lo necesitaré a usted. Y traiga el revólver, porque quizá la cosa sea peligrosa.

Me saludó con un movimiento de la mano, giró sobre sus talones y desapareció entre la multitud. Debo decir que siempre que tenía que tratar con Sherlock Holmes me sentía como un tonto. En el caso que nos ocupa, yo había oído todo lo que él había oído, había visto lo que él había visto y, sin embargo, era evidente, a juzgar por sus palabras, que él entendía con claridad no solamente lo que había ocurrido, sino también lo que estaba a punto de ocurrir, mientras que a mí se me presentaba todavía todo el asunto muy confuso. Intenté resolver el enigma, pero renuncié a ello con desesperanza.

A las nueve y cuarto, salí de mi casa y me encaminé hasta la calle Baker, donde vivía Sherlock. Al entrar en la habitación, lo encontré en animada conversación con dos hombres.

–Watson, creo que ya conoce al agente Jones, de Scotland Yard. Permítame que le presente al señor Merryweather, que será, también, esta noche nuestro compañero de aventuras. Hoy la policía tendrá la oportunidad de atrapar a un delincuente que anda buscando.

–¿De quién estamos hablando?–, preguntó Merryweather.

–De John Clay, asesino, ladrón, estafador y falsificador. Se trata de un individuo joven, señor Merryweather, –intervino el agente Jones–, pero es bien conocido en su profesión, y preferiría esposarlo a él que a ningún otro de los criminales de Londres. Este John Clay es un hombre extraordinario. Su abuelo era duque y él cursó estudios en las mejores

universidades. Una semana roba una casa en Escocia y a
la siguiente va y viene por Londres recogiendo fondos para
construir un orfanato. Llevo persiguiéndolo varios años, y
nunca pude ponerle los ojos encima.

–Espero tener el gusto de presentárselo esta noche, –dijo
Holmes.

En el viaje hasta el negocio de nuestro cliente, Sherlock me
confió:

–El señor Merryweather es director de un Banco y el asunto
le interesa de una manera personal. Me pareció bien el que nos
acompañase Jones. No es mala persona, aunque en su profesión
resulte un imbécil perfecto. Posee una positiva buena cualidad:
es valiente como un bulldog y tan tenaz como una langosta
cuando cierra sus garras sobre alguien. Bien, ya hemos llegado y
nos esperan.

Estábamos en la misma concurrida calle que habíamos
visitado por la mañana. Guiados por el señor Merryweather,
nos metimos por un estrecho pasaje y cruzamos una puerta
lateral que se abrió cuando llegamos. Al otro lado había
un corto pasillo, que terminaba en una pesadísima puerta
de hierro. También ésta se abrió, dejándonos pasar a una
escalera de piedra y en curva, que terminaba en otra
formidable puerta. El señor Merryweather se detuvo para
encender una lámpara, y luego nos condujo por un corredor
oscuro y que olía a tierra; luego, después de abrir una tercera
puerta, desembocamos en un inmenso depósito, en el que
había amontonadas por todos lados jaulas de embalaje con
cajas macizas dentro.

El solemne señor Merryweather se encaramó a una de
las jaulas de embalaje mostrando gran disgusto en su cara,
mientras Holmes se arrodillaba en el suelo y, sirviéndose de una

linterna y de una lupa comenzó a escudriñar minuciosamente las rendijas entre losa y losa.

–Watson, –me dijo Holmes–, en este momento nos encontramos en los sótanos de la sucursal de uno de los principales bancos londinenses. El señor Merryweather es el presidente del Consejo de dirección, él le explicará por qué razones puede este depósito despertar el interés en los criminales más audaces de Londres.

–Se trata del oro francés que aquí tenemos –cuchicheó el director–. Hemos recibido ya varias advertencias de que quizá se llevase a cabo una tentativa para robarlo. Hace algunos meses se nos presentó la oportunidad de reforzar nuestros recursos, y para ello tomamos en préstamo treinta mil napoleones de oro del Banco de Francia. Ha corrido la noticia de que no habíamos tenido necesidad de desempaquetar el dinero y que éste se encuentra aún en nuestro depósito. Esta jaula sobre la que estoy sentado encierra dos mil napoleones empaquetados entre capas superpuestas de plomo. En este momento, nuestras reservas en oro son mucho más elevadas de lo que es corriente guardar en una sucursal. El Consejo de dirección tenía sus temores por ese motivo.

–Temores que estaban muy justificados –hizo notar Sherlock–. Es hora ya de que pongamos en marcha nuestros planes. Para empezar, señor Merryweather, es preciso que permanezcamos a oscuras. Los preparativos del enemigo se hallan tan avanzados, que no podemos correr el riesgo de tener una luz encendida. Y. antes que nada, tenemos que tomar posiciones. Esta gente es temeraria y tenemos que andar con cuidado. Yo me esconderé detrás de esta jaula y ustedes detrás de aquellas. Cuando yo los enfoque con una luz, ustedes los cercan rápidamente. Si ellos hacen fuego, Watson, no sienta remordimientos de disparar.

Holmes apagó su linterna y nos dejó en la negra oscuridad.

–Sólo les queda un camino para la retirada –cuchicheó Holmes–; el de volver al negocio de Wilson para escapar. Agente Jones, ¿hizo lo que le pedí?

–Tres policías lo esperan en la puerta delantera.

–Entonces, les hemos tapado todos los agujeros. Silencio y a esperar.

¡Qué larguísimo resultó aquello! Comparando notas más tarde, resulta que la espera fue de una hora y cuarto, pero yo tuve la sensación de que había transcurrido la noche. Desde donde estaba, podía mirar por encima del cajón hacia el piso de la bodega. Mis ojos percibieron de pronto el brillo de una luz.

Empezó por ser nada más que una leve chispa en las losas del empedrado y luego se alargó hasta convertirse en una línea amarilla; de pronto, sin ninguna advertencia ni ruido, pareció abrirse un desgarrón y apareció una mano blanca, que tanteó por el centro de la pequeña superficie de luz. Por espacio de un minuto o más, sobresalió la mano del suelo con sus inquietos dedos. Se retiró luego tan súbitamente como había aparecido, y todo volvió a quedar en la oscuridad, menos una chispita, reveladora de una grieta entre las losas.

Pero esa desaparición fue momentánea. Una de las losas, blanca y ancha, giró sobre uno de sus lados, produciendo un ruido chirriante, dejando abierto un hueco cuadrado, por el que se proyectó hacia afuera la luz de una linterna. Asomó por encima de los bordes una cara regordeta, que miró con gran atención a su alrededor y luego, haciendo palanca con las manos a un lado y otro de la abertura, se lanzó hasta sacar primero los hombros, luego la cintura, apoyando por fin una rodilla encima del borde. Un instante después, un hombre se irguió en pie a un

costado del agujero, ayudando a subir a un compañero delgado, pequeño... ¡y pelirrojo!

–No hay nadie... –cuchicheó el primero–. No pudo terminar la frase porque Sherlock Holrmes había saltado de su escondite, agarrándolo por el cuello de la ropa. El pelirrojo se zambulló en el agujero, aunque el Agente Jones intentó atraparlo.

–Es inútil, John Clay –le dijo Holmes al hombre gordo–; no tiene usted la menor probabilidad a su favor.

–Ya lo veo –contestó el otro con la mayor sangre fría–. Supongo que mi compañero está a salvo.

–Le esperan tres hombres cuando salga –le dijo Holmes.

–¿Ah, sí? Por lo visto no se le ha escapado a usted detalle. Lo felicito.

–Y yo a usted –le contestó Sherlock–. Su idea de los pelirrojos fue muy original.

–En seguida va usted a encontrarse con su compinche –interrumpió Jones–. Es más ágil que yo descolgándose por los agujeros. Alargue las manos mientras le coloco las esposas.

–Haga el favor de no tocarme con sus manos sucias. Quizá ignore que corre por mis venas sangre real. Tenga también la amabilidad de darme el tratamiento de señor y de pedirme las cosas por favor.

–Perfectamente –dijo Jones, abriendo los ojos y con una risita continuó–, ¿se digna, señor, caminar escaleras arriba, para que podamos llamar un coche y conducir a su alteza hasta la Comisaría?

–Así está mejor –contestó John Clay, alias Vincent Spaulding, serenamente. Nos saludó a los tres con una gran inclinación de cabeza y salió de allí tranquilo, custodiado por el policía.

–Señor Holmes –dijo el señor Merryweather, mientras íbamos tras ellos, después de salir del depósito–, yo no sé cómo podrá el Banco agradecérselo y recompensárselo. No cabe duda de que usted ha sabido descubrir y desbaratar del modo más completo una de las tentativas más audaces de robo de bancos que yo he conocido.

Ya de mañana, sentado frente a sendos vasos de whisky con soda en la calle Baker, me explicó Holmes:

–Resultaba evidente desde el principio que la única finalidad posible de ese fantástico negocio del anuncio de la Liga y de copiar la Enciclopedia, tenía que ser el alejar durante un número determinado de horas todos los días a Wilson, que tiene muy poco dé listo. El medio fue muy raro, pero la verdad es que habría sido difícil inventar otro mejor. Con seguridad que fue el color del pelo de su cómplice lo que sugirió la idea a Clay. Las cuatro libras semanales eran la carnada que forzosamente tenía que atraer a Wilson, ¿y qué suponía eso para ellos, que se jugaban en el asunto muchos millares? Insertan el anuncio; uno de los granujas alquila temporalmente la oficina, y el otro incita al prestamista a que se presente a solicitar el empleo, y entre los dos se las arreglan para conseguir que esté ausente todos los días laborables. Desde que me enteré de que el empleado trabajaba a mitad de sueldo, vi con claridad que tenía algún motivo importante para ocupar aquel empleo.

–¿Y cómo llegó usted a adivinar este motivo?

–El negocio de Wilson no aporta mucho dinero y no había nada dentro de la casa que pudiera explicar una preparación tan complicada y el gasto que estaban haciendo. Por consiguiente, era por fuerza algo que estaba fuera de la casa. ¿Qué podía ser? Me dio en qué pensar el interés del empleado en la fotografía y que con esa excusa desaparecía en el depósito... Averigüé sobre él y descubrí que tenía que vérmelas con uno de los criminales más calculadores y audaces de Londres. Este hombre estaba realizando en el depósito algún trabajo que le exigía varias horas todos los días, y esto por espacio de meses. ¿Qué podía ser? No me quedaba sino pensar que estaba abriendo un túnel que desembocaría en algún otro edificio. A ese punto había llegado cuando fui a visitar el lugar de la acción. Recordará que golpeé el suelo con mi bastón, esto era para saber si sonaba hueco, lo cual era así, luego entré al negocio para preguntar por una calle y me atendió el empleado de Wilson. Apenas si me fijé en su cara. Lo que yo deseaba ver eran sus rodillas. Usted mismo debió de fijarse en lo desgastadas y llenas de arrugas y de manchas que estaban. Era la prueba de las horas que se había pasado cavando un túnel, por eso también el sonido a hueco. Ya sólo quedaba por determinar hacia dónde lo abrían. Doblé la esquina, me fijé en que la sucursal del banco daba al local de nuestro amigo y tuve la sensación de haber resuelto el problema. Mientras usted, después del concierto, marchó en coche a su casa, yo me fui de visita a Scotland Yard y a casa del presidente del directorio del Banco, con el resultado que usted ha visto.

–¿Y cómo pudo usted afirmar que realizarían esta noche su tentativa de robo? –le pregunté.

–Pues bien: al cerrar las oficinas de la Liga entendí que ya les tenía sin cuidado la presencia del señor Wilson; en otras palabras: que habían terminado su túnel. Pero resultaba fundamental que lo aprovechasen pronto, ante la posibilidad de que fuese descubierto o el oro trasladado a otro sitio. Les convenía el sábado, mejor que otro día cualquiera, porque les proporcionaba dos días para huir.

–Hizo usted sus deducciones magníficamente–, exclamé con admiración sincera.

–Es que estos pequeños problemas me entretienen, ya sabe que me aburro cuando no estoy ocupado en un caso.

–¿Ese es el verdadero motivo por el que se convritó en detective?

–¿Es que acaso conoce alguno mejor?

La aventura de las cinco semillas de naranja

Nos encontrábamos en los últimos días de septiembre de 1897 y el tiempo era tormentoso en Londres. El viento había soplado durante todo el día y la lluvia seguía golpeando las ventanas. A medida que iba entrando la noche, la tormenta fue haciéndose más y más fuerte. Sherlock Holmes, a un lado del hogar, sentado en su sillón, revisaba sus registros de crímenes, mientras que yo estaba absorto en la lectura de una novela. Mi esposa había ido de visita a la casa de una tía suya, por lo que me hospedaba por unos días, y una vez más, en mis antiguas habitaciones en la calle Baker, hogar de Holmes. De pronto, sonó la campanilla de la puerta.

Mi compañero extendió su largo brazo para desviar de sí la lámpara y enderezar su luz hacia la silla desocupada en la que tendría que sentarse cualquier otra persona que viniese. Luego dijo:

–¡Adelante!

El hombre que entró era joven, de unos veintidós años y elegantemente vestido. Enfocado por el resplandor de la lámpara, pude fijarme que su cara estaba pálida, como la de una persona muy asustada.

–Vengo en busca de ayuda, –nos dijo–. He oído hablar de usted, señor Holmes. Tiene reputación de solucionar cualquier problema, por complicado que parezca.

–Eso es decir demasiado.

–Me pregunto, si en el transcurso de su profesión ha escuchado alguna vez el relato de una serie de acontecimientos más misteriosos e inexplicables que los que han ocurrido en mi propia familia.

–Lo que dice me llena de interés –le dijo Holmes–. Por favor, explíquenos desde el principio los hechos fundamentales.

–Me llamo John Openshaw –continuó–, debo remontarme atrás en el tiempo para que entiendan un poco el asunto. Mi abuelo tenía dos hijos: mi tío Elías y mi padre Joseph. Mi padre era dueño de una pequeña fábrica y pudo retirarse con un relativo bienestar. Mi tío Elías emigró a América siendo todavía joven, y se estableció de plantador en Florida, de donde llegaron noticias de que había prosperado mucho. En los comienzos de la guerra de secesión norteamericana, peleó para el ejército del Sur, ascendiendo hasta coronel. Cuando el Sur se rindió, volvió a su plantación, en la que permaneció por espacio de tres o cuatro años. Hacia el 1869 o 1870, regresó a Europa y compró una pequeña finca en Sussex. Tenía una fortuna considerable y si abandonó Norteamérica fue por su odio a los negros y por la abolición de la esclavitud, un hecho que no aceptaba. Era un hombre extraño y violento que no salía nunca de su finca. Con mucha frecuencia no salía de su habitación durante semanas enteras. Bebía muchísimo aguardiente, fumaba por demás, pero no tenía amigos, ni siquiera quería que lo visitase su hermano. Contra mí no tenía nada, mejor dicho, me estimaba, porque cuando me conoció era yo un jovencito de doce años, más o menos. Fue cuando pidió a mi padre que me dejase vivir con él y se mostró muy cariñoso conmigo, a su manera. Me tenía mucha confianza, yo guardaba las llaves de la casa y podía ir y hacer lo que quisiera, con tal que no lo molestara cuando él estaba en sus habitaciones privadas. Pero había una habitación independiente que estaba siempre cerrada con llave y a la que no permitía que entrásemos ni yo ni nadie. Por la curiosidad típica de un muchacho, miré más de una vez por el ojo de la cerradura, lo único que vislumbré fue viejos baúles y bultos. Cierto día, en el mes de marzo de 1883, había encima de la mesa, delante del coronel, una carta cuyo sello era extranjero. Al tomarla, dijo: "¿Qué podrá ser?".

Al abrirla saltaron del sobre cinco pequeñas y resecas semillas de naranja, que rebotaron en la mesa. Yo me reí, pero, al ver la cara de mi tío, me callé la boca. Miraba fijamente el sobre que sostenía aún con manos temblorosas. Dejó escapar un chillido y exclamó: "K. K. K. ¡Dios santo, Dios santo, mis pecados me han alcanzado!". "¿Qué significa esto, tío?", pregunté. "Muerte", me dijo, y levantándose de la mesa, se retiró a su habitación, dejándome horrorizado. Miré el sobre y vi garrapateada en tinta roja la letra K, repetida tres veces. No había nada más, fuera de las cinco semillas resecas. No entendí el motivo de tanto susto. Decidí ir a mi habitación pero me tropecé con mi tío, que traía en una mano una vieja llave roñosa y, en la otra, una caja pequeña de bronce, del estilo de las de guardar el dinero. "Que hagan lo que les dé la gana, pero yo los tendré en jaque una vez más. Dile a Mary que necesito

que encienda hoy fuego en el hogar de mi habitación y envía a buscar al abogado". Hice lo que se me ordenaba y, cuando llegó el abogado, me pidieron que subiera a la habitación. Ardía vivamente el fuego y en la rejilla del hogar se amontonaba una gran masa de cenizas negras, como de papel quemado, en tanto que la caja de bronce estaba con la tapa abierta. Al mirarla descubrí, sobresaltado, en la tapa una triple K.

"John –me dijo mi tío–, quiero que firmes como testigo mi testamento. Dejo la finca a mi hermano, es decir, a tu padre, por lo que con el tiempo será tuya. Ojalá consigan disfrutarla en paz.

Como se imaginarán, aquel extraño incidente me impresionó mucho. A partir de ese momento pude notar un cambio en mi tío. Bebía más que nunca y se mostraba todavía menos inclinado al trato con nadie. Pasaba la mayor parte del tiempo metido en su habitación, con la llave echada por dentro, pero a veces salía furioso, salía de la casa y paseaba por el jardín esgrimiendo en la mano un revólver y diciendo a gritos que a él no lo asustaba nadie. ni hombres ni diablos. Pero una vez que se le pasaban aquellos arrebatos, corría a encerrarse de nuevo. Llegó una noche en que salió y no regresó. Cuando lo buscarmos, lo encontramos tirado boca abajo en una pequeña charca del jardín. Estaba muerto aunque no presentaba señal alguna de violencia y la profundidad del agua era mínima, por eso se dictaminó que se había suicidado. Yo tuve mis dudas, sin embargo la cosa pasó, entrando mi padre en posesión de la finca y de unas catorce mil libras que mi tío tenía en un Banco.

–Un momento –le interrumpió Holmes–. Dígame las fechas en que su tío recibió la carta y la de su supuesto suicidio.

–La carta llegó el 10 de marzo de 1883. Su muerte tuvo lugar siete semanas más tarde, en la noche del 2 de mayo.

–Gracias. Puede usted seguir.

–Cuando mi padre se hizo cargo de la finca, llevó a cabo, a petición mía, un registro cuidadoso de la habitación que había permanecido siempre cerrada. Encontramos allí la caja de bronce, aunque sus documentos habían sido destruidos. Mi padre vino a vivir en la finca a principios de 1884 y todo anduvo bien hasta el mes de enero de 1885. Estando sentados en la mesa del desayuno el cuarto día después de Año Nuevo, oí de pronto que mi padre daba un agudo grito de sorpresa. Y lo vi sentado con un sobre recién abierto en una mano y cinco semillas secas de naranja en la palma abierta de la otra. Se había reído siempre de lo que calificaba de fantástico relato mío acerca del coronel, pero ahora veía con gran desconcierto que él se encontraba ante un hecho igual. "¿Qué diablos puede querer decir esto, John?", tartamudeó. Sólo dije: "Es el K. K. K.". Mi padre miró en el interior del sobre y exclamó: "En efecto, aquí están las mismas letras. Pero ¿qué es lo que hay escrito encima de ellas?". Yo leí, mirando por encima de su hombro: "Coloque los documentos encima de la esfera del reloj de sol". "¿Qué documentos y qué reloj de sol?", preguntó él. "El reloj de sol está en el jardín. No hay otro –dije yo–. Pero los documentos deben ser los que fueron destruidos". "Debe tratarse de una broma –dijo mi padre–. ¿Qué me vienen a mí con relojes de sol y con documentos? No haré caso alguno de semejante disparate". Yo quería llamar a la policía, pero él no lo permitió. El tercer día, después de recibir la carta, fue a visitar a un viejo amigo suyo, el comandante Freebody. Me alegré de que se hubiese marchado, pues me parecía que hallándose fuera de casa estaba más alejado del peligro. Pero me equivoqué. Al segundo día de su ausencia recibí un telegrama del comandante en el que me suplicaba que acudiese allí inmediatamente. Mi padre había caído por la boca de uno de los profundos pozos de cal que abundan en aquellos alrededores y yacía sin sentido, con el cráneo fracturado. Murió sin haber recobrado el conocimiento. Se dictaminó que había sido un accidente. Heredé la finca y desde entonces han transcurrido dos años y ocho meses. Durante todo ese tiempo yo he vivido feliz allí, y ya empezaba a tener la esperanza de que aquella maldición se había alejado de la familia. Sin embargo, ayer por la mañana llegó esto.

Nos mostró un sobre arrugado y, volviéndolo boca abajo encima de la mesa, hizo saltar del mismo cinco pequeñas semillas secas de naranja. El estampillado era de Londres, sector del Este. En el interior estaban las mismas palabras que traían los sobres anteriores: "K. K. K.", y las de "Coloque los documentos encima de la esfera del reloj de sol".

–¡Vaya, vaya! –exclamó Sherlock–. Es preciso que usted actúe o está perdido. Únicamente su energía lo puede salvar. No son momentos éstos de entregarse a la desesperación. Ya han transcurrido dos días desde que recibió la carta. Deberíamos haber entrado en acción antes de ahora.

–Señor Holmes, tengo una cosa más para mostrarle–. Registró en el bolsillo de su chaqueta y, sacando un pedazo de papel azul descolorido, lo extendió encima de la mesa, agregando: –Conservo un vago recuerdo de que los estrechos márgenes que quedaron sin quemar entre las cenizas el día en que mi tío echó los documentos al fuego eran de éste mismo color. Encontré esta hoja en el suelo de su habitación y creo que puede tratarse de uno de los documentos, que quizá se le voló, salvándose de ese modo de la destrucción. No creo que nos ayude mucho, fuera de que en él se habla también de las semillas. Mi opinión es que se trata de una página que pertenece a un diario secreto. La letra es de mi tío.

El encabezamiento decía "Marzo, 1869", y debajo del mismo: "4. Vino Hudson. El mismo programa de siempre. 7. Enviadas las semillas a McCauley, Paramore y Swain, de St. Augustine. 9. McCauley se largó. 10. John Swain se largó. 12. Visitado Paramore. Todo bien".

–Gracias –dijo Holmes, doblando el documento y devolviéndoselo a nuestro visitante–. Y ahora, no pierda por nada del mundo un solo instante. Es preciso que vuelva usted a su casa ahora mismo, y que actúe.

–¿Y qué tengo que hacer?

–Sólo se puede hacer una cosa, y es preciso hacerla en el acto. Ponga usted esa hoja de papel dentro de la caja de metal que nos ha descripto. Agregue una carta en la que les dirá que todos los demás papeles fueron quemados por su tío, siendo éste el único que queda. Después, colocará la caja encima del reloj de sol, de acuerdo con las indicaciones. ¿Me comprende?

–Perfectamente.

–No piense por ahora en venganzas ni en nada por ese estilo. Creo que eso lo lograremos por intermedio de la ley. Lo primero en que hay que pensar es en apartar el peligro que le amenaza. Lo segundo consistirá en aclarar el misterio y castigar a los criminales. ¿Cómo va a hacer el camino de regreso?

–Por tren, desde la estación Waterloo.

–Bien. Mañana me pondré a trabajar en su asunto.

–¿Le veré, pues, en la finca?

–No, porque su secreto se oculta en Londres, y en Londres será donde yo lo busque.

–Entonces. yo vendré a visitarle a usted dentro de un par de días y le traeré noticias de lo que haya ocurrido con los papeles y la caja. Lo consultaré en todo.

Nos estrechó las manos y se retiró. Sherlock Holmes permaneció algún tiempo en silencio. Luego encendió su pipa, se recostó en el respaldo de su asiento, y se quedó contemplando los anillos de humo azul que hacía.

–Creo Watson –dijo, por fin–, que no hemos tenido entre todos nuestros casos ninguno más fantástico que éste. Al enfrentarnos con un problema así, necesitamos dominar todos nuestros recursos. Alcánceme la letra K de esa enciclopedia norteamericana que hay en la biblioteca. Estudiemos ahora la situación. Empezaremos con la firme presunción de que el coronel Openshaw tuvo algún motivo importante para abandonar Norteamérica. Los hombres a su edad no cambian el clima encantador de Florida por la vida solitaria en una ciudad inglesa de provincias. Es evidente que sentía miedo de alguien o de algo. En cuanto a lo que temía, sólo podemos deducirlo por el estudio de las cartas que él y sus herederos recibieron. ¿Se fijó usted en las estampillas que señalaban el punto de procedencia?

–Procedían de puertos de mar, es decir, que el que las escribió se hallaba a bordo de un barco.

–Muy bien. Ya tenemos una pista. No pueden caber dudas de que el remitente se encontraba a bordo de un barco. Pasemos ahora a otro punto. En el caso de la primera carta transcurrieron siete semanas entre la amenaza y su cumplimiento, en la segunda fueron sólo tres o cuatro días. ¿Nada le indica eso?

–Que la carta venía desde una distancia mayor.

–La tercera carta proviene de un puerto aún más cercano. Comprenderá ahora la urgencia mortal que existe en este caso y por qué insistí con el joven Openshaw en que estuviese alerta.

–¡Santo Dios! –exclamé–. ¿Pero qué puede querer significar esta implacable persecución?

–Los documentos que Openshaw se llevó son evidentemente de importancia vital para la. persona o personas que viajan en el barco. Se proponen conseguir los documentos, sea quien sea el que los tiene en su poder. Y han sido capaces de realizar dos asesinatos engañando a las autoridades, K. K. K. no son las iniciales de un individuo, se trata de una sociedad.

–Pero ¿de qué sociedad?

Sherlock Holmes dijo bajando la voz:

–¿No ha oído usted hablar nunca del Ku Klux Klan?

–Jamás.

Holmes fue pasando las hojas del volumen que tenía sobre sus rodillas, y dijo de pronto:

–Aquí está: "Ku Klux Klan. Nombre que sugiere una fantástica semejanza con el ruido que se produce al levantar el gatillo de un rifle. Esta terrible sociedad secreta fue formada después de la guerra civil en los estados del Sur por algunos ex combatientes de la Confederación, y se formaron rápidamente filiales de la misma en diferentes partes del país. Se empleaba su fuerza con fines políticos, en especial para aterrorizar a los votantes negros y para asesinar u obligar a ausentarse del país a cuantos se oponían a su programa. Sus agresiones eran precedidas, por lo general, de un aviso enviado a la persona elegida, aviso que tomaba formas fantásticas, por ejemplo: un tallito de hojas de roble, en algunas zonas, o unas semillas de melón o de naranja, en otras".

–Fíjese –dijo Holmes, dejando el libro– en que el súbito hundimiento de la sociedad coincide con la desaparición de Openshaw de Norteamérica, llevándose los documentos. Pudiera muy bien tratarse de causa y efecto. Deben complicar a alguno de los hombres más destacados del Sur, y es posible que haya muchos que no duerman tranquilos durante la noche mientras no sean recuperados.

–De ese modo, la página que tuvimos a la vista...

–Es tal y como podíamos esperarlo. Decía, si mal no recuerdo: "Se enviaron las semillas a A, B y C"; es decir, se les envió la advertencia de la sociedad. Las anotaciones siguientes nos dicen que A y B se largaron, es decir, que abandonaron el país, y, por último, que se visitó a C, con consecuencias siniestras para éste, según yo me temo. Creo, doctor, que podemos proyectar un poco de luz sobre esta oscuridad, y creo también que, entre tanto, sólo hay una probabilidad favorable al joven Openshaw y es que haga lo que yo le aconsejé. Nada más se puede decir ni hacer por esta noche.

A la mañana siguiente, Sherlock me dijo:

–Hoy voy a estar muy atareado en la investigación del caso del joven Openshaw.

De pronto vi el periódico, que estaba aún sin desdoblar y le eché un vistazo.

–Holmes –le dije–, llegará usted demasiado tarde.

–Lo temía. ¿Cómo ha sido?

Se expresaba con tranquilidad, pero vi que la noticia le había conmovido profundamente.

–El periódico dice que entre las nueve y las diez de la pasada noche, el policía que prestaba servicio cerca del puente de Waterloo, oyó un grito de alguien que pedía socorro y el chapaleo de un cuerpo que caía al agua. Pero como la noche era oscurísima y tormentosa, fue imposible salvar a la víctima. Más tarde pudo ser rescatado el cadáver que resultó ser el de John Openshaw, como se dedujo de un sobre que se le halló en el bolsillo. Se cree que debió ir corriendo para alcanzar el último tren que sale de la estación de Waterloo, y que, en su apresuramiento y por la oscuridad, salió de su camino y fue a caer al río por uno de los pequeños embarcaderos. El cadáver no mostraba señales de violencia y se cree que fue un accidente.

–Esto hiere mi orgullo, Watson. ¡Pensar que vino a pedirme socorro y que yo lo envié a la muerte! Tiene que tratarse de unos demonios astutos. ¿Cómo consiguieron desviarlo de su camino y que fuese a caer al agua? Veremos quién gana al final. ¡Voy a salir!

–¿Va usted a la Policía?

–No; seré yo mismo un policía. Atraparé a esos criminales.

Mis tareas profesionales me absorbieron durante todo el día, y era ya entrada la noche cuando regresé a la calle Baker; Sherlock Holmes no había vuelto aún. Eran ya cerca de las diez cuando entró con aspecto pálido y agotado.

–¿Tuvo éxito?–, pregunté.

–Sí, no tardará mucho el joven Openshaw en verse vengado. Escuche, Watson, vamos a darles su propia medicina.

–¿Qué quiere decir?

Holmes trajo una naranja, y, después de partirla, la apretó, haciendo caer las semillas encima de la mesa. Contó cinco y las metió en un sobre. En la parte interna escribió: "S.H. para J.C." Luego puso la dirección: "Capitán James Calhoun, barca Lone Star. Savannah, Georgia. Estados Unidos".

–Le estará esperando cuando entre en el puerto –dijo, riéndose por lo bajo–. Quizá le quite el sueño. Será un anuncio tan seguro de su destino como lo fue antes para Openshaw:

–Y ¿quién es este capitán Calhoun?

–El jefe de la cuadrilla. También atraparé a los demás, pero quiero que sea él el primero.

–Y ¿cómo lo descubrirlo?

–Me he pasado todo el día examinando los registros siguiendo las andanzas de todos los barcos que tocaron los puertos de las cartas. La barca llamada "Lone Star" atrajo inmediatamente mi atención porque se conoce con ese nombre de "Estrella Solitaria" a uno de los estados de la Unión.

–Creo que al de Tejas.

–Descubrí que la barca "Lone Star" tocó los puertos de las cartas en las fechas exactas en que fueron enviadas. Para cuando llegue a Savannah, el vapor correo habrá llevado mi carta y un telegrama habrá informado a la Policía de dicho puerto de que la presencia del Capitán es urgentemente necesaria para responder por varios asesinatos en Londres.

Sin embargo, el asesino de John Openshaw, de su padre y su tío, no iba a recibir las semillas de naranja que le habría indicado que otra persona le seguía la pista. Las tempestades de aquel año fueron muy violentas. Esperamos durante mucho tiempo noticias de Savannah del "Lone Star", pero no nos llegó ninguna. Finalmente, nos enteramos de que en pleno Atlántico, habían sido visto flotando los restos de un barco que llevaban grabadas las letras L. S. Y eso es todo lo que podemos saber acerca del final que tuvo el "Lone Star".

La aventura
del cliente ilustre

Sherlock Holmes y a mí, nos gustaban los baños turcos. Estábamos en uno de ellos el 3 de septiembre de 1902. Yo le había preguntado si estaba trabajando en algún caso, y él me contestó dándome un sobre.

–Puede lo mismo tratarse de algún individuo estúpido, inquieto y solemne, o de un asunto de vida o muerte –me dijo–. No sé más de lo que dice el mensaje.

Procedía de un distinguido club londinense y tenía fecha de la noche anterior. Esto decía: "Sir James Damery presenta sus respetos al señor Sherlock Holmes, e irá a visitarle a su casa mañana a las 4:30. Sir James se permite anunciarle que el asunto sobre el que desea consultar al señor Holmes es muy delicado y también muy importante. Confía por ello en que haga los mayores esfuerzos por concederle esta entrevista y que la confirme llamando por teléfono al Club Carlton".

–No hará falta que le diga, Watson, que he confirmado que lo recibiré –me dijo Holmes–. Este hombre tiene fama de ser un especialista en el arreglo de asuntos delicados que no conviene que aparezcan en los periódicos, tiene dotes naturales para la diplomacia. Por ello no tengo más remedio que suponer que no se tratará de una pista falsa, y que, en efecto, le es precisa nuestra intervención.

James Damery llegó en horario. Apenas si hace falta describirlo, porque son muchos los que recordarán a aquel personaje voluminoso, estirado y honrado, aquella cara ancha y completamente afeitada y, sobre todo, aquella voz agradable y pastosa.

–Esperaba, desde luego, encontrarme aquí con el doctor Watson –dijo Damery, haciéndome una reverencia cortés–.

–Su colaboración pudiera ser muy necesaria en esta ocasión, porque nos las tenemos que ver con un individuo muy violento, tal vez el más peligroso de Europa.

–¿Y cual es el nombre de ese hombre?– preguntó Holmes.

–¿Oyó usted hablar alguna vez del barón Gruner?

–¿Se refiere al asesino austríaco?

–¡A usted no se le escapa nada, señor Holmes! ¡Es asombroso! ¿De modo que ya lo tiene catalogado como asesino?

–Mi profesión me obliga a estar al día de los hechos criminales del continente. Tengo la seguridad de que él mató a su esposa cuando ocurrió aquel supuesto accidente en Austria. También estaba enterado de que el barón se había trasladado a Inglaterra. ¿Qué es lo que ha hecho ahora?

–Vengo a verlo en representación de alguien que prefiere permanecer desconocido. No hará falta que diga que sus honorarios están garantizados y que podrá actuar con absoluta libertad. ¿Verdad que carece de importancia el nombre de su cliente?

–Lo siento –contestó Sherlock–. Estoy acostumbrado a que un extremo de mis casos esté envuelto en misterio, pero el que lo estén los dos extremos resulta demasiado confuso. Lamento, sir James, tener que rehusar a ocuparme del caso.

–Señor Holmes, es difícil que pueda darse cuenta del alcance de esa negativa suya. Me coloca usted en un dilema grave, porque tengo la seguridad completa de que si me fuera posible revelárselo todo, se sentiría usted orgulloso de encargarse del caso; pero me lo impide la promesa que tengo hecha. ¿Podría yo, por lo menos, exponerle todo lo que me está permitido?

–No hay inconveniente, a condición de que quede bien sentado que yo no me comprometo a nada.

–Entendido. En primer lugar, creo, sin duda, que habrá oído usted nombrar al general De Merville.

–Sí, he oído hablar de él.

–Tiene una hija, Violeta de Merville, joven, rica, hermosa, culta, un prodigio de mujer en todo sentido. Pues bien; es a esta hija, a esta muchacha encantadora e inocente, a la que estamos tratando de salvar de las garras de un demonio.

–Eso quiere decir que el barón Gruner ejerce poder sobre ella, ¿verdad?

–El más fuerte de todos los poderes, tratándose de una mujer: el poder del amor. Ese individuo es un hombre al que ninguna mujer se le resiste y que se ha aprovechado ampliamente de ese hecho.

–Pero ¿cómo pudo un hombre de su calaña establecer trato con una dama tan virtuosa?

–Fue durante una excursión en yate por el Mediterráneo. El muy canalla se dedicó a cortejar a la joven y consiguió ganarse su corazón de una manera completa y absoluta. Decir que ella le ama no es decir bastante. Está loca por él y no consiente en escuchar nada en su contra. Tiene el propósito de casarse con el barón el mes que viene. Y como es ya mayor de edad, resulta difícil idear una manera de impedírselo.

–¿Está enterada que se sospecha firmemente de que mató a su esposa?

–Es que se ha presentándo a sí mismo como un mártir inocente. Ella acepta la versión de Gruner y no quiere escuchar ninguna otra.

–Creo que ha pronunciado usted sin darse cuenta el nombre de su cliente, que es, sin duda el general De Merville.

–Yo podría decirle que sí, pero faltaría a la verdad. De Merville es un hombre ya sin energías. Este incidente ha desmoralizado por completo al veterano soldado. Mi cliente, sin embargo, es un viejo amigo que ha tratado íntimamente al general por espacio de muchos años y se interesa paternalmente por la muchacha. Scotland Yard no tiene base alguna para intervenir en este asunto. Fue sugerencia de esa persona que intervenga usted, aunque como ya he dicho con el pedido expreso de que no apareciese envuelto personalmente en el caso.

Holmes dejó ver una sonrisa muy especial, y contestó:

–El problema me interesa y estoy dispuesto a examinarlo. Deme la dirección actual del barón, por favor.

–Es una persona de gustos costosos, criador de caballos; jugó una breve temporada al polo en Hurlingham, pero se habló del asunto de Austria y tuvo que retirarse. Tengo entendido que está considerado una autoridad en porcelana china y ha publicado un libro sobre el tema.

–Una personalidad compleja –dijo Holmes–. Muchos grandes criminales la tienen. Bien, sir James, informe a su cliente de que desde este momento concentro mi atención en el barón Gruner.

Cuando se retiró nuestro visitante, Holmes me preguntó:

–¿Se le ocurre algo?

–Creo que lo mejor que puede hacer es entrevistarse con la misma joven.

–Querido Watson, ¿cómo voy yo, un desconocido, a salir airoso, si su pobre y anciano padre no ha conseguido influir en ella? Es preciso que empecemos desde un ángulo distinto. Me está pareciendo que Shinwell Johnson podría servirnos de algo.

Se trataba de un colaborador valioso, que había sido un maleante muy peligroso. Más tarde se reformó y se alió con Holmes, actuando de agente suyo en el mundo de los bajos fondos de Londres.

Al otro día, me reuní con Sherlock que me dio novedades.

–Johnson anda tratando de descubrir los secretos del barón. Una vez que le di mis instrucciones, fui a su casa, y el canalla me recibió de muy buen humor. Es un adversario excelente, un verdadero aristócrata del crimen. Me dijo: "Pensé, señor Holmes, que me visitaría en cualquier momento. Sin duda que estará usted al servicio del general De Merville para impedir mi matrimonio con su hija Violeta. Es eso, ¿verdad que sí?". Le contesté que así era en efecto, y él continuó: "Lo único que va a conseguir es echar a perder su bien ganada fama, Se trata de un caso en el que no hay posibilidad de que tenga éxito. Le aconsejo que se haga a un lado inmediatamente". "Es curioso –le contesté– acaba de darme el mismo consejo que yo me proponía darle a usted. Permítame que le hable de hombre a hombre. Nadie pretende remover su pasado y colocarle en situación incómoda. Aquello pasó, pero si se empeña en este matrimonio, levantará en contra suya a un montón de enemigos poderosos que no le dejarán en paz. Créame, ganaría mucho dejando tranquila a esa dama. Será poco agradable que lleguen a conocimiento de ella los hechos de su pasado". El barón rió y respondió: "He tenido la buena fortuna de ganarme por completo el cariño de esa dama. Me lo ha entregado a pesar de que yo le relaté todos los desdichados incidentes de mi pasado. También le aseguré que existían ciertas personas malvadas que se acercarían a ella a contarle mentiras, y le advertí de qué forma debía tratarlas. Por eso le digo, siga su propio camino y déjeme a mí seguir el mío, Adiós". Le digo, Watson, que este es un hombre muy peligroso.

–¿Y es forzoso que usted intervenga? ¿Es de verdadera importancia que ese hombre no se case con la muchacha?

–Yo diría que tiene mucha importancia, ya que no tengo ninguna duda de que asesinó a su última mujer. ¡Además, tenemos el cliente!

Mas tarde, fuimos a reunirnos con Jonhson. Lo acompañaba una mujer joven, delgada y de rostro pálido.

–Les presento a Kitty Winter –dijo Shinwell Johnson–. Lo que ella no sepa...; bueno, ella misma hablará.

–Conozco al barón –dijo la joven–, por lo visto anda esta vez detrás de una pobre tonta y quiere casarse con ella.

–¿Qué sabe de él?

–Estuve enamorada de él. A mí me parecía bien todo lo que hacía, lo mismo que ahora le parece a esa pobre muchacha. Una sola cosa me produjo impresión profunda, y de no haber sido por su lengua venenosa y embustera que sabe encontrar explicación para todo, aquella misma noche me habría largado de su lado. Me refiero a un libro que tiene, un

libro con tapa de cuero color castaño con un cierre y su escudo grabado en oro en la cubierta. Creo que aquella noche estaba un poco borracho o, de lo contrario, no me lo habría enseñado.

–¿Y qué libro es ése?

–Este individuo colecciona mujeres y se enorgullece de su colección, de la misma manera que algunos hombres coleccionan mariposas. En ese libro tenía registrado todo: fotografías instantáneas, nombres, detalles, todos los datos acerca de las mujeres que engañó. Sin embargo, con eso no vamos a ninguna parte, porque ese libro no le servirá a usted de nada y si le sirviese no podría hacerse con él.

–¿Dónde está ese libro?

–¿Cómo puedo yo decirle donde está ahora? Hace más de un año que me aparté de ese hombre. Sé donde lo guardaba entonces. Gruner es, en muchos aspectos, un tipo limpio y cuidadoso, de modo que quizá siga estando en uno de los compartimientos del escritorio antiguo que tiene en su despacho. ¿Conoce usted la casa del barón?

–He estado en su despacho –dijo Holmes.

–El despacho exterior es aquel en que exhibe las porcelanas de China; un gran armario de cristal entre las ventanas. Detrás de su mesa esta la puerta por la que se pasa al despacho interior; un cuartito donde guarda documentos y cosas.

–Señorita Winter –dijo Holmes–, si usted puede venir hasta aquí mañana por la tarde a las cinco, veré si es posible combinar una entrevista personal suya con esa otra joven.

–Estaré a su disposición mañana o cualquier otro día, mientras usted lo persigue.

No volví a ver a Holmes hasta la noche siguiente, en que nos encontramos para cenar. Cuando yo le pregunté cómo le había ido en su entrevista, se encogió de hombros y me contó:

–Violeta nos recibió a la señorita Winter y a mí en su casa. Es una muchacha hermosa, a mí no me cabe en la cabeza cómo un hombre bestial ha podido enamorarla. Quizá se haya fijado en que los extremos se atraen, pero jamás habrá visto usted contraste peor que éste... Ella sabía a lo que íbamos, como es natural; porque aquel canalla no había dejado pasar tiempo para acudir a envenenar su alma contra nosotros. "Bien, señor –me dijo con una voz de hielo–; conozco su nombre. Según creo, ha venido usted a visitarme para difamar a mi prometido, el barón Gruner. Le he recibido únicamente por deseo de mi padre y le advierto por adelantado que nada de lo que pueda decirme ejercerá la más ligera impresión sobre mi voluntad." Le tuve compasión, Watson. En aquel momento pensé en ella como habría pensado en una hija mía. Le conté todo lo que sabía de su futuro esposo, pero pareció no importarle. "Señor Holmes –me dijo–, le he escuchado con paciencia. Sé que Adelbert, mi prometido, ha llevado una vida tempestuosa y que en el transcurso de la misma ha despertado odios enconados y ha sido víctima de los más injustos ataques. Usted es la última de una serie de personas que ha expuesto ante mí sus calumnias. Quizá su intención sea buena, aunque me consta que es usted un agente a sueldo que actuaría de la misma manera a favor que en contra del barón. En todo caso, quiero que sepa de una vez y para siempre que yo lo amo y que él me ama, y que la opinión del mundo entero no representa nada". De pronto, volvió sus ojos hacia mi acompañante y dijo: "No me imagino quién pueda ser esta joven". Iba yo a responderle cuando la muchacha estalló lo mismo que un torbellino. "Yo le voy a decir quién soy –gritó la señorita Winter,– soy su última amante. Soy una del centenar de mujeres que él ha arruinado y arrojado luego a la basura, como lo hará con usted. Casarse con ese hombre equivale para usted a la muerte". "Señor Holmes, yo le suplico que pongamos fin a esta entrevista –dijo muy enojada Violeta–. He obedecido al deseo de mi padre aceptando entrevistarme con usted, pero no me creo obligada a escuchar los delirios de esta mujer." Así que tuvimos que retirarnos.

Dos días después de esta conversación, me llamó la atención el titular de un periódico que un vendedor ofrecía en la calle. Creo que permanecí unos momentos como atontado por un golpe. En grandes letras se informaba que el famoso detective Sherlock Holmes había sido atacado en la calle por dos individuos armados con bastones que le habían propinado una paliza. Se aclaraba que su estado era muy grave, ya que había sido golpeado duramente en la cabeza.

Inmediatamente fui a la casa de mi amigo en la calle Baker. Encontré en el vestíbulo al célebre cirujano sir Leslie Oakshott, que me dijo:

–No existe peligro inmediato. Dos heridas con desgarro en el cuero cabelludo y varios magullamientos importantes. Ha sido preciso darle varios puntos de sutura.

Subí a la habitación de Sherlock, me senté junto a la cama e incliné mi cabeza.

–Estoy perfectamente, Watson. No ponga esa cara de asustado –murmuró con voz débil–. La cosa no está tan mal como parece.

–¿Qué puedo hacer, Holmes? No cabe duda de que sus atacantes fueron enviados por ese maldito individuo.

–Lo primero que es preciso hacer es exagerar mis heridas. Vendrán a pedirle noticias. Exagere Watson. Diga que tendré suerte si llego hasta el fin de la semana. Otra cosa, avise a Shinwell Johnson que esconda a la muchacha. Esos hombres la andarán buscando. Saben, como es natural, que ella me acompañó a la entrevista con Violeta. Si se atrevieron a meterse conmigo, no es probable que se olviden de ella. Es cosa urgente. Hágalo esta misma noche.

–¿Algo más?

–Coloque encima de la mesa mi pipa y la bolsita del tabaco, ¡muy bien! Venga por aquí todas las mañanas y planearemos cómo seguir.

El público estuvo durante seis días bajo la impresión de que Holmes se encontraba a las puertas de la muerte. Pero la verdad era que se recobraba rápidamente.

Al séptimo día le quitaron los puntos de sutura, a pesar de lo cual, los periódicos de la noche hablaban de que seguía muy grave. Los mismos periódicos de la noche trataban otra noticia que yo tenía por fuerza que llevar a mi amigo, lo mismo si estaba sano que si estaba enfermo. En la lista de pasajeros de un barco, el "Ruritania", que zarpaba el viernes de Liverpool, figuraba el barón Adelbert Gruner, que tenía que cerrar en los Estados Unidos importantes transacciones financieras antes de su boda inminente con la señorita Violeta de Merville, única hija de, etcétera, etcétera. Holmes escuchó la noticia con una expresión fría y reconcentrada.

–¡El viernes! –exclamó–. ¡Tres días disponibles tan sólo! Creo que el muy canalla quiere zafarse del peligro. ¡Pero no lo conseguirá! ¡Por todos los diablos, que no lo conseguirá! Watson, le pido que invierta usted las próximas veinticuatro horas en un estudio intensivo de las porcelanas de la China

No me dio ninguna explicación, ni yo se la pedí. Consulté el tema con un bibliotecario amigo mío y conseguí un excelente libro sobre porcelana china. Aprendí todos sus secretos y fui a visitar a Holmes a la mañana siguiente. Se había levantado ya de la cama, aunque nadie lo habría dicho a juzgar por los partes médicos publicados, y estaba hundido en su sillón favorito, apoyando su cabeza llena de vendajes en la mano.

–Parece que está usted agonizando –le dije.

–Esa es precisamente la impresión que deseo producir. Y ahora dígame, Watson: ¿ha aprendido usted sus lecciones?

–Por lo menos lo he intentado.

–Pues entonces tráigame esa cajita que hay encima de la repisa de la chimenea.

Abrió la tapa y sacó del interior un objeto pequeño, envuelto con sumo cuidado en fina tela de seda oriental. Desenvolvió ésta y quedó a la vista un fino plato del más bello color azul oscuro.

–Es preciso manejarlo con sumo cuidado, Watson. Es una auténtica porcelana de la dinastía Ming. Un juego completo valdría como para pagar el rescate de un rey; a decir verdad, es dudoso que exista un solo juego completo fuera del palacio imperial de Pekín.

–¿Y qué he de hacer con él?

–Irá usted a visitar al barón Gruner. Le dirá que le lleva un ejemplar de un juego absolutamente único de porcelana Ming. Dígale que es coleccionista, que ha oído hablar del interés que el barón por el tema, y que no tendría inconveniente en vendérselo si se ponen de acuerdo en el precio.

–Tal vez convendría que le ofreciese someter la tasación a un experto para determinar un precio. Pero, ¿y si no me recibe?

–Lo recibirá. Es un coleccionista maníatico.

Y así fue. Aquella misma noche, con el precioso plato en la mano me lancé a la aventura.

La casa del barón era muy lujosa. Un mayordomo me hizo pasar y me puso en manos de un criado de uniforme, que me llevó a presencia del malvado.

Se hallaba en pie delante de una gran vitrina que contenía una parte de su colección de porcelanas chinas. Luego de las presentaciones de rigor, desenvolví con gran cuidado la pieza que llevaba y se la entregué. Se sentó frente a su escritorio, acercó la lámpara, porque ya estaba oscureciendo y se puso a examinarlo.

–¡Precioso, verdaderamente precioso! –dijo por último–. De modo que tiene usted un juego completo. Lo que me desconcierta es que no haya oído yo hablar hasta ahora de la existencia de tan magníficos ejemplares. Sólo un juego conozco en Inglaterra que pueda comparase con éste, pero no existe probabilidad alguna de que salga al mercado. ¿Sería indiscreción, preguntarle como llegó a poder suyo esta rara y valiosa pieza?

–¿Tiene eso alguna importancia? –le dije pareciendo despreocupado–. Usted ha comprobado que se trata de una pieza auténtica y, en lo que respecta al precio, me conformo con que sea fijado por un experto.

–Resulta sumamente misterioso –dijo, y en sus ojos negros relampagueó una súbita sospecha–. En una transacción de objetos de tanto valor, es natural que uno desee informarse bien de todos los detalles. No hay duda de que se trata de un ejemplar legítimo. Pero, ¿y si luego resulta que no tenía usted derecho a vender el juego?

–Estoy dispuesto a darle una garantía contra todo reclamo de esa clase.

–Hum.., de todas formas esta transacción es fuera de lo normal.

–Puede tomarlo o dejarlo –le dije yo con indiferencia– Es usted el primero a quien se lo he ofrecido, porque sabía que es un entendido en la materia; pero no tendré dificultad alguna en venderlo a otras personas.

–¿Quién le informó de que yo era un entendido?

–Supe que había escrito un libro acerca de esta materia.

–¿Ha leído ese libro?

–No.

–¡Por vida mía, que esto me resulta cada vez más difícil de entender! Es usted un entendido y un coleccionista que tiene en su colección un ejemplar valiosísimo y, sin embargo, no se molesta en consultar el único libro que podía haberle explicado el verdadero alcance y el valor de lo que tenía entre manos.

–Soy hombre muy atareado, un médico con muchos pacientes.

–¿Qué juego se trae? Ha entrado aquí como espía. Usted es un emisario de Holmes. Tengo entendido que ese individuo se está muriendo y, por eso, sin duda, envía a otros a que me vigilen, pero le va a resultar más difícil salir que entrar.

Se puso de pie y yo retrocedí, preparándome para hacer frente a su agresión, porque el barón estaba furioso. Pero, de pronto, escuchó algo, porque se quedo inmóvil.

–¡Ah! –exclamó–. ¡Ah! –y se precipitó dentro del cuarto, cuya puerta quedaba a sus espaldas.

Llegué en dos zancadas hasta la puerta abierta. La ventana por la que se salía al jardín estaba abierta de par en par. Junto a ella, produciendo la impresión de un fantasma terrible, con la cabeza envuelta en vendajes manchados de sangre, estaba Sherlock Holmes. Un instante después había desaparecido por aquella abertura, y llegó a mis oídos el chasquido de los arbustos al caer sobre ellos su cuerpo. El dueño de la casa dejó escapar un alarido de rabia y corrió hacia la ventana abierta para perseguirle.

¡Y en ese instante...! Porque fue en un instante, sí, pero yo lo vi con toda claridad. Un brazo, un brazo de mujer salió con ímpetu de entre las hojas. Casi en el acto dejó escapar el barón un grito espantoso; un chillido que resonará siempre en mi memoria. Se llevó sus dos manos a la cara y se puso a correr por la habitación, golpeándose con la cabeza en las paredes. Luego cayó sobre la alfombra, rodando sobre sí mismo y retorciéndose mientras sus alaridos llenaban toda la casa.

–¡Agua, por amor de Dios, agua! –gritaba.

Eché mano a un botellón que había en una mesa y corrí en socorro suyo. En ese mismo instante vinieron desde el vestíbulo el mayordomo y varios criados. Recuerdo que uno de ellos se desmayó al arrodillarse junto al herido y ver aquel rostro que causaba horror. El ácido que le habían arrojado iba carcomiéndolo por todas partes, goteando desde las orejas y la barbilla. Uno de los ojos estaba ya blanco y como convertido en cristal. El otro estaba rojo e inflamado. Entre alarido y alarido, la víctima se enfurecía con la vengadora exclamando:

–Fue Kitty Winter. ¡Endemoniada mujer! ¡Lo pagará, lo pagará! ¡Dios del cielo, este dolor es superior a mis fuerzas!

Le lavé la cara con aceite, apliqué algodón en rama a las superficies en carne viva y le inyecté un fuerte calmante. Luego llegó otro médico llamado por los criados y un inspector de policía, por lo que aproveché para irme. Antes de una hora me encontraba en la calle Baker.

Holmes estaba sentado en su silla de siempre; parecía muy pálido y agotado. Escuchó con espanto el relato que le hice de la transformación sufrida por el barón.

–¡Así paga el demonio, Watson! –me dijo–. Sus crímenes eran muchos –agregó, agarrando de la mesa un volumen color castaño–. Este es el libro del que nos habló aquella mujer. Si esto no logra deshacer la boda, nada habrá capaz de lograrlo.Ninguna mujer que se respete será capaz de mostrarse insensible.

–¿Es el Diario de sus amores?

–Sí. En cuanto esa mujer nos habló de este libro, me di cuenta de que teníamos un arma terrible si conseguía obtenerlo. La agresión de la que fui víctima me proporcionó la oportunidad de hacer creer al barón que no necesitaba ya adoptar precauciones en contra mía. Su anunciado viaje a Norteamérica me forzó a actuar de inmediato. Ese hombre no habría dejado aquí un documento tan comprometedor. Debía introducirme en su casa y para eso debía distraerlo. Ahí es donde entra en escena usted. Pero tenía que saber con seguridad el sitio en que se encontraba el libro; sólo dispondría de escasos minutos para poder actuar, porque mi tiempo estaba limitado por sus conocimientos de la cerámica china. En vista de eso, me hice acompañar en el último instante por la muchacha. ¿Cómo iba yo a suponer lo que llevaba en el paquetito tan cuidadosamente escondido debajo de la capa?

–Ese hombre adivinó que me había enviado usted.

–Me lo temía, lo cierto es que usted le entretuvo el tiempo suficiente para que yo me apoderase del libro, pero no lo suficiente para que yo huyese sin que nadie se diese cuenta... iHola, sir James, me alegro mucho de que haya venido usted!

Nuestro cortés amigo se había presentado, respondiendo a una llamada previa y escuchó con la más profunda atención el relato de lo ocurrido que le hizo Holmes.

–iEs maravilloso lo hecho por usted! –exclamó al final–. Pero si esas heridas son tan graves como asegura el doctor Watson, se habrá conseguido nuestro propósito de romper esa boda sin necesidad de recurrir al empleo de este horrible libro.

Holmes movió negativamente la cabeza.

—Las mujeres del tipo de la señorita De Merville no actúan de ese modo. Lo amaría todavía más si le consideraba como un mártir desfigurado. No, no. Lo que tenemos que destruir es su apariencia moral, no su apariencia física. Este libro es lo único que puede separarlos. Está escrito de su puño y letra. Ella no puede ignorarlo.

Sir James se llevó el libro y el precioso plato de porcelana. Bajé con él a la calle. Lo esperaba un carruaje; subió al mismo y el vehículo se alejó rápidamente. Sir James echó su gabán encima de la ventanilla de manera que la mitad que quedaba fuera cubría el escudo real que ostentaba el panel, pero a pesar de ello, tuve yo tiempo de verlo. La sorpresa me dejó un instante sin aliento. Me di media vuelta y subí hasta el cuarto de Holmes.

—He descubierto quién es nuestro cliente —exclamé, entrando de sopetón con mi gran noticia—. Sepa usted, Holmes, que hemos trabajado para el Rey de Inglaterra, ahora sé de donde proviene la porcelana.

—No diga más —dijo Holmes alargando la mano para cortarme la palabra—. Baste con eso, ahora y siempre, entre nosotros.

Ignoro de qué manera se empleó el libro acusador. Quizá fue sir James el encargado de esa tarea, fuese como fuese, el efecto que produjo fue el que se buscaba. Tres días después apareció en el periódico una gacetilla anunciando que no tendría lugar la boda entre el barón Adelbert Gruner y la señorita Violeta de Merville. En el mismo número del periódico se reseñada la acusación contra Kitty Winter por el grave delito de lanzamiento de ácido. Fueron aportadas en esa causa tales atenuantes que, según se recordará, fue sentenciada a una mínima pena. Sherlock Holmes se vio en peligro de ser acusado de robo pero, cuando la finalidad es noble y el cliente es lo bastante ilustre, hasta la rígida justicia inglesa se humaniza y se hace elástica. Mi amigo no fue acusado de ningún delito.

Índice

El más famoso detective entra en acción.........................3

La aventura de la Liga de los Pelirrojos 4

La aventura de las cinco semillas de naranja 28

La aventura del cliente ilustre 43